KB176456

푸른사상 시선 151

나무에 기대다

푸른사상 시선 151

나무에 기대다

인쇄 · 2021년 11월 30일 | 발행 · 2021년 12월 7일

지은이 · 안준철
펴낸이 · 한봉숙
펴낸곳 · 푸른사상사

주간 · 맹문재 | 편집 · 지순이, 김수란, 노현정 | 마케팅 · 한정규
등록 · 1999년 7월 8일 제2-2876호
주소 · 경기도 파주시 회동길 337-16(서패동 470-6) 푸른사상사
대표전화 · 031) 955-9111(2) | 팩시밀리 · 031) 955-9114
이메일 · prun21c@hanmail.net /prunsasang@naver.com
홈페이지 · http://www.prun21c.com

ⓒ 안준철, 2021

ISBN 979-11-308-1867-2   03810
값 10,000원

푸른사상
시선
151

나무에 기대다

안준철 시집

푸른사상
PRUNSASANG

나무에게 기대는 시간이 많아졌다.
나무도 나에게 기댈 수 있으면 좋겠다.

장딴지 힘만으로 동력을 만들어
나무에게 나를 데려다준 자전거가 고맙고 미덥다.
비가 오는 날도 가장 소박한 도구인 우산이 있어서
길을 나설 수 있었다.

여기에 모아놓은 시들은 주로 산책을 하고 돌아와서
일기처럼 한 편씩 써나간 산책시들이다.
한 권의 시집으로 묶는 것이 면구스럽기도 하다.
가난한 시에 보내준 따뜻한 눈빛들이 시리도록 고맙다.

2021년 11월
안준철

| 차례 |

■ 시인의 말

제1부

제2부

제3부

제4부

제1부

달팽이 산책

비 오시는 날은
우산 쓰고 동네 한 바퀴 돈다
우산 쓴 달팽이처럼
한 걸음을 떼는 것이
무슨 엄청난 일이라도 되는 양

누군가 하늘에서 본다면
우산이 가다가 멈추고
가다가 멈추곤 했을 것이다
그러다가 죽은 듯이
아주 한참을 멈추어 있을 때가
절정의 순간이다

빗방울의 눈동자를 본 적 있는가?

인간의 눈을 들여다보고 있는
녀석의 호기심 어린 눈을

매화

이월의 풍경은 동네 어귀에
매화나무 한 그루 서 있으면 된다

속눈썹이 예쁜 걸로
두어 점 피어 있으면 된다

어쩌나

볕 아까워 매화 몇 점 피어 있는

어릴 적 멱 감고 놀았던
각시바위 서방바위 지나자
폭삭 늙으신 할머니 한 분
호미 들고 밭에 나가시네

한때는 새색시였을 할머니
거동을 보아하니
딱히 할 일이 없어도
볕 아까워 나오신 것 같네

몇 남은 동네 어르신들
세상 뜨시면 어쩌나
저 환한 꽃들 혼자 피었다가
혼자 지면 어쩌나

저 아까운 볕은 또 어쩌나

봄, 쑥

자전거를 타고 가다가
자전거를 자빠뜨리고 쑥을 캔다

또 자전거를 타고 가다가
이번에는
자전거를 풀밭에 잘 뉘이고
쑥을 캔다

그사이
쑥을 캐는 손길도 제법 차분해졌다

한 땀 한 땀
바느질하듯 쑥을 캔다

쑥을 캐는 것이
재밌는 줄 처음 알았다

이렇게 살면 되겠다 싶다

단순 소박하게

작년인가 재작년인가
마구잡이로 쑥을 캐는 둘째 사위를
마뜩잖게 바라보시던 장모님의 눈길

생각난다

봄이 온다는 것은

봄이 온다는 것은
아직 세상이 끝나지 않았다는 거다
봄이 온다는 것은
아직 세상을 끝낼 마음이 없다는 거다

저 아득한 나무 우듬지까지
꽃을 매단 것을 보면 안다

고마운 일이다
봄이 딴마음을 품지 않은 것이

기도

나의 애마 첼로 자전거를 타고
만경강 억새를 보러 갔다가
저무는 저녁강을 따라 돌아오는 길에
자전거와 나의 수명이
엇비슷했으면 좋겠다는 생각을 했다

수명이 다한 뒤에는
자전거는 고물상에 팔려갔다가
새로운 삶을 시작해도 좋겠고
나는 그냥 땅에 묻혔다가 벌레들의
간식거리나 되었으면 좋겠다는 생각이
간절해지는 것이었다

아무도 다치지 않았다

봄이랑 놀았다
봄이랑 연두랑 노는 동안
아무도 다치지 않았다

점심 먹고 자전거 타고 나가서
해가 똥구멍에 닿을 때까지
봄이랑 연두랑 노는 동안
용케도 봄을 가지고 놀지는 않았다
마음을 다해 정성을 다해 놀았다

연두는 그냥 연두가 아니다
겨우내 죽었다가 살아나서 연두가 된 것이다
나는 나무도 아닌데
어떻게 죽었다가 다시 살아날 수 있는가
연한 사람이 되라고
연두가 내게 귀띔을 해준 것도 같다

봄과 잘 놀고 돌아가는 길

봄바람이 이마에 살랑대자

내 입가에 살포시 미소가 지어졌다

봄을 가지고 놀았다면

이렇게 뒤끝이 깨끗하지는 않았을 거다

봄이 고맙다

봄에게 나도 고마운 사람이길 바란다

수레국화 물수레국화

꽃모양이 수레바퀴를 닮았다
수레국회를 물수레국화라고도 부른다
처음에는 수레국화로 내게 왔다
아는 이가 물수레국화라고 부른 뒤
차츰 그 이름으로 부르게 되었다
물수레국화라는 이름에서
연한 바람 냄새가 나는 것도 같다
연한 것은 나를 연하게 만든다
그래도 내 첫사랑은 수레국화다
수레국화에게도 그렇게 말해준 적이 있다
같은 꽃이라도 눈치가 보인다

유레카

자전거를 타고 지나가는 천변 풀밭에
붉은 꽃양귀비 한 점 피어 있다

초록 천지에 붉은 꽃 한 점

그게 무어라고 마음이 동하여
달리던 자전거를 돌리고 말았을까

평생을 두고 풀어야 할 화두 같았는데
용케도 빨리 답을 찾았다

내가 색(色)을 좋아해서다

옅어진다는 것

문득, 눈을 들어보니
아이 주먹만 한 석류 몇 알 달려 있는

그 나무 아래
석류꽃 두어 점 땅에 떨어져
색이 바래어가고 있다

생과 사의 경계가 옅어지고 있다

저 석류꽃 주검 앞에 애통할 일이 아니듯
내 몸 풀풀 날리는 먼지로 돌아간다 한들
애통할 일이 아니겠다

동네 한 바퀴만 돌다가 와도
거울 속에 비친 내 눈빛이
조금씩 옅어지고 있는 것을 느낀다

한때는 얼마나 깊어지길 바랐던가

방천길을 지나다가
이따금씩 만나는 철새들과도
경계를 풀고 옅어져가고 있다

새가 나인지 내가 새인지

어느 각별한 날의 일기

동네 의원으로 약 타러 가는 길
비가 오시려는지
오월의 바람이 눅눅하면서도 싱그럽다

바람이 한 차례 지나가자
느티, 수천수만의 나뭇잎들이
일제히 자지러지며 몸을 뒤집는다

어느 몸짓 하나 예쁘지 않은 것이 없다
하늘을 가릴 만큼 머리 위가 온통 초록인데
눈부시지 않은 초록이 없다

평범한 것들의 경이랄까, 반란이랄까

내 목구멍을 들여다본 의사는
다음번엔 검사를 해보자고 할 뿐 별말이 없다
나도 예, 하고 짧고 씩씩하게 대답해주었다

병원을 나와 신호등을 지날 때 보니

하얀 개망초가 바람에 몸을 마구 흔들고 있다
괴롭다는 건지 즐겁다는 건지

흔하면서도 예쁜 꽃, 나도 내가 예쁘다
내가 그저 그런 사람이래도
각별하지 않은 삶은 없으니

바람과 놀다가
신호등이 바뀌자 길을 건넜다

민들레를 찾아서

민들레 하얀 솜털 사진이 한 장 필요하니
없으면 찍어시라도 내일 오전까지는 보내달라는
후배 시인의 숨넘어가는 전화를 받고
다음날 아침 눈뜨기가 무섭게 자전거를 끌고
노란 민들레가 피어 있던 풀숲 기억까지 더듬어
민들레를 찾아 나섰지만 허탕을 쳤다

수확이 아주 없었던 건 아니다
민들레 씨앗 우산 하나가 강아지풀하고 사이좋게
어깨인지 머리인지를 맞대고 있는
사진을 한 장 얻었고

없는 것을 찾아 헤맸던
그 아침 시간이 나쁘지 않았다

하루 모자라서 생긴

하루 세 번 걷는다
아침에는 동네 초등학교 운동장을
낮에는 편백나무 숲을 걷는다
걷다가 나도 모르게 실실 웃는다
모자란 몸 덕에 걷는 행복을 되찾아서다

밤에는 달을 보며 저잣거리를 걷는다
오늘은 추석 전야라
하루 모자란 보름달이 하늘에 떠 있다
가만 보니 달이 웃고 있는데
하루 모자라서 생긴
왼쪽 볼 살짝 야윈 귀퉁이에 웃음기가 있다

달에게 입맞춤할 일이 생긴다면
왼쪽 뺨에다 하고 싶다

해찰

모악산, 들머리에서 대원사까지는
옛길과 새 길, 두 개의 길이 나 있다

물고기가 어항 밖에서 어항 안을 들여다보듯
한 사내, 유심히 옛길을 들여다보더니
내가 서슴없이 어둑한 숲길로 들어서자
마음을 정한 듯, 나를 따라나선다

새로 난 길이 넓고 평탄한 데 비해
옛길은 좁고 구불구불하고 돌과 나무가 많다
사내는 나를 앞지르더니 성큼성큼 앞서가버린다
해찰할 것이 많은 나를 멀찌감치 뒤로한 채

시야에서 멀어져가는 사내를 바라보며
나는 조금 후회가 되었다
마음을 정하지 못한 사내 앞에서
서슴없이 옛길로 들어서버린 것에 대하여

해찰할 줄 모르는 사내에게는
새로 난 빠르고 편한 길이 좋을 뻔했다

골목길에서

골목길에서 한 여자를 만났다
안개비가 내리고 있었으므로
좁은 골목길에서 여자의 우산과 나의 우산이
잠깐 스친 것이 전부였지만

여자는 골목에서 나오고
나는 여자가 나온 골목으로 들어가고
그 어둑한 고샅 저만치서 빗방울 두어 개 달고
나를 기다리고 있는 풀포기 앞에
한참을 쪼그려 앉아 있었다

굳이 서둘러
헤어져야 할 이유가 없었으므로

나무에 기대다

꽃나무들이 꽃을 여의고 나무로 서 있다

나무의 일생 중 가장 푸르고 찬란한 시기는
꽃을 여읜 직후다

산벚꽃마저 저버린 봄 산의 푸르름

내 몸에서도 꽃 지는 소리가 들리더니
푸릇푸릇 돋아나는 것들이 있다

지금은 나무에 기댈 시간
사는 일이 기쁘고 감사하다

하다못해 감기라도 심하게 앓고 난 뒤라야
깨달아지는 것들이 있다

나무들은 이미 알고 있었다는 눈치다

반성문

봄나들이 나섰다가
차가운 꽃샘바람이 몸을 파고들어
두터운 겨울옷으로 갈아입고
다시 집을 나서는데
신기하리만치 추위가 느껴지지 않는다
칼바람의 위세는 여전해도
몸도 마음도 따뜻하고 평온하다

그러다가, 문득

천변에 핀 노란 유채꽃이
바람에 마구 흔들리는 것을 본다
아, 아, 내 몸이 따뜻해져
너는 더 추위에 떨고 있겠구나!
아, 아, 내 마음이 평온하여
너의 아픔은 더 깊어지겠구나!
내 마음 아프지 않아
아, 아, 저 미얀마
살점이 더 찢어지고 있겠구나!

나무, 나무들

장인어른 기일에 쓸 제사떡을 사러 나왔다가
신호등에 걸려 잠깐 서 있는데
막 초록 잎이 돋기 시작하는 나무, 나무들

그중 우연하게 눈이 가닿은 한 나무를 바라보며
문득, 저 평범해 보이는 나무가 나일 수도 있다는
그 옆에 서 있는 나무가 좀 더 멋져 보이지만
내가 꼭 그 나무일 필요는 없다는

어차피 나무들은 너와 내가 없이
숲이 되어 함께 서 있기도 하거니와
내 곁에 다정하고 아름다운 벗이 있어서
얼마나 좋았던가를 생각하면

저 나무, 나무들이 그렇듯이
굳이 나일 필요는 없다는

제2부

이팝나무의 기억

나무는 많은 미덕을 지녔지만
그중 백미는 빼어난 기억력이다

전주시 팔복동 옛 기찻길
이팝나무 꽃길이 환한 것은
순전히 나무의 정정한 기억력 덕분이다

올해는
오월이 오기도 전에 꽃을 피웠다
무엇이 그리도 급했을까

나무는 알고 있는 것이다
사람들의 기억력이 예전만 못하다는 것을
나만 봐도 알 일이다

올해는 광주 망월동에 가서
눈처럼, 속살처럼 하얀 이팝나무 꽃술을
시리도록 눈에 담갔다가 와야겠다

미덕

나무를 보고
사진기 셔터를 눌렀는데
파란 하늘이 더 예쁘다

헐벗은 나무가 한 일이다

거꾸로 식사법

중탕으로 익힌 토마토에
들기름 두어 방울 얹어 으깬 것을
숟가락으로 맛있게 퍼 먹고 난 뒤
양배추 살짝 데친 것 두어 장
당근 두어 토막 우적우적 씹으면서
아내가 구워놓은 노릇노릇 잘 익은
생선 한 토막을 접시에 담아
식탁 위에 옮겨놓고
밥통 뚜껑을 열었는데
어라, 밥이 없다

여보, 밥이 없나 봐
그래? 그럼 밥을 해야지
내가 밥을 할까?
아니, 내가 할 거야
그럼 그러든가
그동안 당신 배고파서 어떡해?
양배추 몇 장 더 씹어 먹으면 돼

사는 일이 고요해졌다

푸조나무일 것 같은 나무

동물원 벚꽃길을 돌아 나오는데
푸조나무일 것 같은 나무가 한 그루 서 있다

푸조나무가 서 있다고 하지 않고
푸조나무일 것 같은 나무가 서 있다고 한 것은
내가 푸조나무를 잘 모르기 때문이다
저 푸른 구름 같은 나무가 푸조나무라고
나무에 대해 잘 아는 이가
언젠가 내게 말해주었는지도 모르겠다
그때부터 푸조나무를 좋아하게 되었는지도

내가 푸조나무를 잘 알았다면
푸조나무가 더 좋아했겠지만
푸조나무를 잘 몰라서 좋은 일도 있을 것 같다
푸조나무일 것 같은 나무를 보고
푸조나무처럼 생각의 가지가 무성해진 것도
푸조나무를 잘 몰라서 생긴 일

내가 푸조나무를 환하게 잘 알았다면

푸조나무일 것 같은 나무라는 말도
탄생하지 못했을 것이다

아무것도 하지 않아도

아침에 걸었던 숲길을
다 늦은 오후에 다시 찾았다

늘 다니던 길이 아니다
스무 살 적에나 와본 적 있는

아침에 앉았던 의자에 다시 가서 앉았다
두 번째 생에 와 있는 기분이랄까

아무것도 하지 않아도
생이 가득 찰 때가 있다

아침에 한 생을 살았고
또 한 생이 지나가는 중이다

무얼 하러 이 생에 온 것 같지가 않다

아침 인연

아침 산책을 위해 옷을 챙겨 입고
베란다 창문 너머로 눈길을 던진다
마침 한 남자가 자전거를 타고 지나간다
점퍼 차림이고 우산은 쓰지 않았다
그제야 나도 자전거를 끌고 밖으로 나간다
그이는 자기도 모르는 사이
나의 삶에 잠깐 다녀간 거다

산책을 마치고 돌아오는 길에 비를 만났다
마침 버스 정류장 부스가 눈에 띄어
자전거를 끌고 들어가 비를 피하는데
한 여자가 버스에서 내리더니
우산이 없는지 급히 들어와 앉았다

한참 만에야 비가 그쳤고
그녀가 떠나자 나만 남았다

어떤 해후

전날 사진기를 두고 와서
담아 가지 못한 작은 이파리 한 장
그 위에 떨어진 물방울 몇 개

너무나도 작아서
차마 눈에서 지울 수 없었던
반짝이지 않아서
더 순한 눈망울 같았던

남고사 가는 길 산책로 난간
하루가 지났는데 거기 그대로 있을까
바람에 날아갔을까 햇볕에 말랐을까

새벽같이 일어나 달려가보니
아, 그 자리에 있었다!

왜 오지 않을까 왜 오지 못할까
나보다도 더 애를 태웠던지

하루 만에 바싹 마른 모습으로

할머니가 된 소녀를
오래오래 바라보다가 돌아왔다

발견

서울로 병원 나들이 가는 길

아침 한 끼를 거르고
익산역에서 SRT 열차를 탔다
수서역에서 내려 16번 버스를 기다리는데
16분 뒤에 도착한다는 전광판 신호가 떴다
숫자의 우연한 일치일 뿐이었으나
입가에는 이미 미소가 지어진 뒤였다

16분이면 8분을 천천한 걸음으로 걸어가서
조금 빠른 걸음으로 돌아오면
버스가 저만치서 털레털레 오겠지, 싶어
은행나무 가로수 길을 따라 걸어가는데
마침 바람이 훅, 하고 불어주었다
가을이었으므로 가을바람이었고
내 맨살이 바람을 좋아하는 것 같았다

바람을 느낄 수 있는 몸이 있다는 것이
뭉클하고 아련한 새로운 발견이었다

개망초

철든 농사꾼들에게는
애물단지 잡초 취급을 받지만
나 같은 백수에게는 꽃 대접을 받는다

비 갠 뒤
맑게 씻긴 꽃망울을
한참이나 들여다보았다

철들지 않겠노라고 다짐하면서

꽃 심는 남자

꽃 심는 남자
꽃씨 뿌리는 사람, 있었네

아침마다 지나는 길
자전거에서 내려
꽃 사진을 찍을 때조차도

누가 이런 예쁜 꽃을 심었을까
생각한 적 없었네, 부끄러웠네

사랑놀이라도 하듯 손으로 흙 어루만지며
걸음을 옮길 때마다 엉덩이 들썩이며
땅에다 절하며 꽃 심는 남자

꽃보다도 더 아름다웠네
꽃의 아비였네

꽃에다 대고 찍는 양

몰래 몰래 셔터를 누르는데

꽃 사진 찍을 때보다 더 손끝이 떨려왔네

새에게 사과하는 법

이른 아침에만 반짝 생겼다가 없어지는
천변 새벽시장을 자전거를 타고 달리다가
새에게 몹쓸 짓을 하고 말았다
길에 뿌려놓은 모이를 쪼아 먹던 새들은
화들짝 놀라 날개를 퍼덕거리며 사방으로 흩어졌고
그 바람에 모처럼 풍성했던 아침 밥상은
흙바람 속으로 날아가 버렸다

새들이 안심할 수 있도록
속도를 늦추지 못한 것은
내 마음 어딘가에 새를 업신여기는
나쁜 마음이 있었을 거라고
후회에 후회를 거듭했지만
이미 엎질러진 물이었다
돌아가서 사과라도 하고 싶었지만
새들은 이미 날아간 뒤였다

새들이 다시 돌아와 준다면

나는 새에게 사과할 수 있을까?

30년이나 선생질을 하고도

새에게 사과하는 법을 모르는 나는

이월이와 자전거

토막잠을 이어 붙여 한 잠
잘 자고 일어나니
어김없이 아침이 와 있다

오늘은 슬슬 걸어서
동네 산이나 다녀오자고 정한 마음이
베란다에 세워놓은 자전거를 보자
무너지고 만다

자전거를 볼 때마다
장모님 댁 백구 이월이가 생각난다
이월이는 말은 못 해도 꼬리라도 흔들 줄 아는데
자전거는 그러지도 못한다

자전거를 끌고 동네 앞산을 오르기로 한다
가파른 계단을 끙끙대며 오르다가
숲속, 분홍 병꽃을 보자

슬그머니 자전거를 놓아버린다

한참을 꽃에 홀려 놀다가
자빠뜨린 자전거를 일으켜 세우며
손잡이를 한 번 더 꼭 쥐어준다

미안하다니까, 미안하다고
두 번이나 사과를 하고
그제야 나란히 숲길을 걷는다

연꽃주의자

군이 갈래를 치자면
나는 낙천주의자에 가깝지만
낙천주의자들을 그닥 좋아하지는 않는다
오히려 비관주의자를 좋아한다
삶을 비관할 만큼 삶을 사랑했으리라는
나의 낙관론에 근거한 것이긴 하지만

삶을 비관한다는 것은
어떤 선이 있었다는 얘기도 된다
삶이 거기에 닿지 않아
혹은 거기에 닿게 하려고
몸부림을 치기도 했을 것이다
비관주의자라는 달갑지 않은 호칭은
뭣 같은 세상을 고쳐서라도 써보려고
애쓰다가 얻은 병명 같은 것이기도 하리라

내가 낙천주의자들을 싫어하는 것은
그 반대의 경우를 염두에 둔 것이겠지만

아무리 그렇다 하더라도
나는 비관주의자가 되고 싶지는 않다
그럴 만큼 당찬 사람도 못 된다
그럼 연꽃주의자는 어떨까

진흙밭에서 저리도 곱게 피었다가
갈 때가 되면
연한 바람에도 후두둑 져버리는 꽃잎들

백화점과 연꽃

백화점에 가는 것을
즐기지 않는다는 그이를 나는 아네

수많은 물건들이 팔리기가 무섭게
금세 채워지는 것을 보면
그만큼 훼손되고 생채기가 난
강과 나무와 흙이 눈에 밟힌다는

맘 고운 그이를 생각하며
비 오시는 날
우산 들고 연꽃 보러 가네

화엄의 바다에서
어제 핀 꽃들이 진 자리에
다시 새로이 핀 꽃들

후드득 떨어진 꽃들의 잔해가
썩어서 다시 흙으로 돌아가

애기 꽃들의 밥이 되어줄 것을 나는 아네

하 세월이 흐른 뒤에도
자연에서 나고 지는 것들은
다시 고운 생명으로 돌아오는 것을

그것이 저들의 영생인 것을
나는 아네

고장 난 렌즈

자동 초점이 안 되는 렌즈를
수리점에 맡기지 않고 그냥 쓰고 있다

자동 기능이 살아 있을 때는
저절로 쉽게 초점이 잡히던 것이
한참을 쪼그려 앉아 애를 써야 하니
여간 불편하지가 않다

여간 불편하지 않은 것이
은근히 재밌고 즐거운 거다
애면글면하다가 비로소 선명해지는 순간
눈물이 핑 돌기도 한다

아, 저토록 아리따운 생명을
너무 쉽게 만났다는 반성도 들면서

조응

시내버스 안에서
한 소녀 아이가 내 발을 밟았네

죄송하다는 말로 부족한지
얼굴에 꽃물이 든 채
아이의 전 존재가
내 앞에서 숙여지네

살짝 발을 밟혀놓고
남아도 너무 남는 장사를 했다 싶어
황급히 맞절을 하듯
나도 내 전 존재를 던져
환히 웃어주었네

낡아간다는 것

낮게 핀 꽃일수록 꽃 사진을 찍을 때는
꽃 앞에 무릎을 꿇어야 한다
자기 살을 찢고 땅거죽을 뚫고 나온
어린 꽃들의 수고를 생각하면 당연한 일

나이 들어 몸이 노쇠해지니
꽃 앞에 쪼그려 앉아 있는 것도 힘에 부친다
무릎과 허리를 펴고 일어설 때마다
낡은 가구처럼 관절이 삐걱거린다

늙고 낡아갈수록
꽃에 대한 예절이 깊어진다

제3부

가을꽃의 둘레

내가 좋아하는 가을꽃이라면
고마리 꽃무릇 맥문동 쑥부쟁이
물봉선 마타리를 빼놓을 수 없지만
오늘 내겐, 가을이 꽃이었다

진흙밭에서 온 걸 아는지
흙빛을 띠기 시작한 연밥이며
집만 지어놓고 어디론가
홀언 자취를 감춘 거미며
달랑 두 장 남은 능소화
벽돌색 황홀한 꽃잎에 달라붙어
아침 식사 중인 개미들이며
내가 자전거를 타고 지나온 길을
깨끗하게 청소해놓고는
서로 고생했다 말을 건네는 듯
꾸부정한 어깨가 붙었다가 떨어지는
두 노인네의 뒷모습도

그 가을꽃 둘레 안에 들어와 있었다

두 가을 길

가을 길을 걸었다

길을 걷는 것은
내 안에 길을 하나 내는 일이다

오늘도 나는 두 가을 길을 걸었다

가을에 필요한 것

음식 쓰레기 버리러 나갔다가
가을 세례를 받고 돌아온 나에게
아내가 대뜸 물었다

뭐 사고 싶거나 갖고 싶은 것 없어?

응? 없어
가을에는 가을만 있으면 돼

고마리

농번기 방학 때마다 시골집으로

벼 보리 베주러 기곤 했던

내 고등학교 적 친구 삼수 녀석

여동생 이름이 금숙이였던가

고1 때 그 아이 초등학교 졸업반이었지

그땐 얼굴에 마른버짐 하얗게 피어 있었지

이쁘지도 않고 안 이쁘지도 않았는데

다음 해 그다음 해에 갔을 때는

마름버짐 핀 그 자리에 분홍 꽃 몇 점

말끔하게 피어 있었지

그 꽃 보러 해마다 갔었지

참 궁금하다

흑백 필름 사진을 주로 찍는다는

내가 아는 시인은

어떻게 분홍을 포기할 수 있었을까

구월

햇가을 볕이 풋사과 맛이다

오늘도 한 입 베어 물었다

아끼고 아끼다가 겨우 삼켰다

남은 것이 더 많다

아침에 있었던 일

아침 동네 산책길이었다
냇가 자갈밭에 시거멓게 보이는 것이
처음에는 무슨 짐승일까 싶었는데
자세히 보니 사람이었고, 여자였다
앉은 채로 고꾸라져 자고 있는
여자의 머리에는 검불이 묻어 있었고
입성도 더럽고 꾀죄죄하여
광인이거나 걸인이거나
둘 중 하나일 거라고 지레짐작을 했는데
여자는 검정 마스크를 쓰고 있었고
예쁜 손목시계도 차고 있었고
가죽 가방도 손에 들려 있었다
그렇담 밤새 술을 마신 것일까
실연이라도 당한 것일까
나는 궁금증이 일기도 했지만
어떤 관성의 힘에 이끌려
가던 길을 그대로 갔다

만약 그대로 가지 않고

그녀에게 몇 발짝 다가가
무슨 괴로운 일이 있기에
여기서 이러고 있느냐고
말이라도 걸어보았다면
그녀는 어떤 표정을 지었을까
물론 이런 나의 오지랖은
애당초 상상으로 끝날 일이었지만
정말이지 그러고도 싶었다
가던 길을 멈추고 그녀에게 돌아가
욕망도 연민도 호기심도 아닌
고마리를 깨운 여린 아침 햇살 같은
그저 따사로운 눈으로
마음을 건네고도 싶었던 것인데
몇 번 뒤를 돌아보았을 뿐
가던 길을 가고 말았다

나는 무엇이 두려웠던 것일까

처음 가을

구월 첫날을 처음 가을이라고 부르자

가을은 내게 언제나 처음 가을이었지
한 번도 가을 속에 없었던 것처럼
구월이 와도 가을은 더디게 올 줄 알았다
지구가 뜨거워진 책임이 내게도 있을 터
한 열흘 군소리 없이 벌을 받아볼 요량이었다
헌데, 어제 바람과 오늘 바람이 다르다
햇살도 적당히 식은 밥처럼 편해졌다

지금 내가 할 일은
가을이 와준 것만으로 아무런 소망을 갖지 않는 일
소박이라는 말을 사랑하는 일
푸르디푸르던 나뭇잎들이
노랗고 빨갛게 사상 전향을 하듯
묵직하면서도 가벼웁게

한 번도 가을 속에 없었던 것처럼

어린 가을

오늘 하루도
가을을 매만지다가 돌아왔습니다

구월 스무여드레
아직은 어린 가을이라
손등만 매만지다가 돌아왔습니다

유감

태풍이 지나가는지
빗소리에 잠이 깬 이 가을 아침에

몸을 뒤척여도
울먹일 만한 일이 하나 없다니

눈물 한 방울 고이지 않다니

나를 찾아온 가을이
얼마나 무색할까

내 마음에게
경고장이라도 보내야 할 것 같다

배웅

울먹임은 울음의 전조현상이다

온 산에 단풍이 들어야
가을이 왔다고 말하는 사람들은
구월의 울먹임을 모른다

울음이 터지기 전에
얼마나 많은 울먹임의 시간이 있었는지를
울음도 한순간에 완성되지 않는다는 것을

가을 완창을 위해
붉디붉던 배롱꽃도 자취를 감추었다
연밥도 진흙빛이다

구월의 마지막 날
그 울먹임의 시간들을 배웅하고 왔다

멸치와 단풍

멸치가 바다에서 잡아와도 죽지 않고
하룻밤이 지난 뒤에도 펄펄 살아 있지요
아이고 나 죽네, 하고 팔딱팔딱 뛰는데
사람이 먹고살아야 하니 할 수 없지만
조금은 미안하고 짠한 마음도 들어요
멸치를 위해 최대한 해줄 수 있는 것은
머리에서 꼬리까지 안 다치게 잘 다루어서
예쁘고 깔끔하고 온전한 상태로
고객님들 손에 가도록 하는 거지요

멸치잡이가 주업인 중 늙은 사내가
답답할 만큼이나 느려터진 눌변으로
생각의 구슬을 더듬더듬 꿰어놓은 것을
가을 막장에서야 붉어지기 시작하는
건지산 단풍나무 숲에서 다시금 떠올리며
머리에서 꼬리까지 곱게 물든 애기단풍잎을
온 마음을 다해 바라보았다
단풍잎에게 해줄 수 있는 것이 그것뿐이어서

가을 속의 일

아침 9시 18분 발 무궁화호 완행열차를 타고
전주에서 순천까지 밤을 사러 갔다
역 개찰구를 빠져나와 횡단보도를 건너
역전시장 행상 아줌마에게 밤 두 망태를 사서
하나는 배낭에 넣고 하나는 어깨에 둘러메고
횡단보도를 건너와 숨 돌릴 새도 없이
11시 5분 발 무궁화호 완행열차를 타고 돌아왔다

먼 길을 와서 밤 두 망태만 덜렁 사 들고
번갯불에 콩 구워 먹듯 돌아왔지만
모든 것이 가을 속의 일이었으므로
마음은 물속처럼 고요하기만 했다

서울 추분

서울로 병원 나들이 가는 날
공교롭게도 추분이다
12시간 금식하고 오라고 해서
아침을 거르고 집을 나서는데
하루 삼시세끼 꼬박꼬박 챙겨 먹다가
겨우 한 끼 건너뛴 건데
무슨 혁명이라도 도모하는 사람처럼
마음이 비장해진다
처음에는 슬금슬금 시장기가 들다가
차츰 가슴께 어디쯤이 허해지면서
쓸쓸한 기분마저 드는 것이다
한 끼 굶는 일이 이럴진대
두 끼 세 끼를 굶게 되면 어떤 기분일까
기약도 없이 굶어야 하는 지구 저편의 사람들은
하루하루가 얼마나 서럽고 막막할까
병원을 나오면서 바라본 하늘은
눈이 부시도록 푸르고 맑은데
코로나로 일터를 잃은 사람들은

저 무구한 하늘이 위로라도 될까
내가 탐닉한 가을이 부끄러웠다

그늘에 대하여

편백나무 숲 그늘에서
배낭에 넣어 온 신작 시집*을 꺼내어
윤기와 물기 가득한 시를 읽다가
마음에 그늘이 생긴다

이때의 그늘은
서늘한 나무 그늘과는 다른
쓰린 허기와도 같은 것이어서
물이라도 한 컵 들이켜 지워버리고 싶지만
잠깐 거기 있으라, 그냥 둔다

징용, 4·3, 한국전쟁, 광주, 세월호
이제는 까마득해진 기억 속에서
시인은 빛바래가는 이름들을 소환하여
한 움큼의 꽃잎을 쓸어 위로한다

그늘의 엽록소가 부족하여
아직도 세상의 그늘에 눈뜨지 못한

나는, 이따금씩 불청객처럼 찾아오는 그늘이

불편하면서도 반갑다

그늘은 나를 단련시킨다

생명이 있거나 없거나

이 세상에 존재하는

모든 반짝이는 것들은

그늘이 있어서 반짝이는 것이다

* 고영서 시인의 세 번째 시집 『연어가 돌아오는 계절』.

노을과 밥

순천만 와온바다
붉게 물드는 저녁놀이
이따금씩은 시장기가 들 만큼
그리울 때가 있다

내 가난한 영혼에게
따뜻한 밥 한 그릇
사주고 싶을 때가 있다

홍시가 익어가는 이유

택배 기사가 문 앞에 놓고 간 상자 하나를
현관으로 들여놓은 것은 닷새 전쯤의 일이다
외출을 하려고 신발을 신을 때마다
상자 안에서 감이 하나 둘 익어가는 걸 본다
집이 좁아 상자를 현관에 그대로 두고
며칠은 아예 거들떠보지도 않다가
잘 익은 홍시만 몇 개 쟁반에 담아 오는데
그런 푸대접에도 아랑곳하지 않고
홍시는 맛있게 잘 익어 입안에서 슬슬 녹는다
만약 홍시가 딴마음이라도 먹었다면
이런 황홀한 맛을 내게 선사할 리가 없다
홍시의 부드러운 살을 베어 먹을 때마다
그의 몸을 먹는다는 생각이 들기도 한다
그의 몸이 내 몸이 된다는 것은
고맙지만 염치없는 일이기도 하다
산다는 것이 조금은 허망한 생각이 들 때
상자 안에서 익어가는 홍시를 떠올린다
홍시가 익어가는 이유를 생각해보는 것이다

호박을 따면서

찬바람이 불기 시작하자
호박을 따러 자주 집을 나선다
장모님 댁 바로 옆 집
집이 있었다가 없어진 자리에
봄에 뿌린 씨앗이 결실을 맺은 것
여름 내내 꽃만 무성하더니
갑자기 날이 추워지자
호박이 하나 둘씩 열리기 시작한 것
호박 하나 달리는 일에도
태양의 온기만으로는 모자라
차가운 결기가 필요했던 것

동자스님의 예쁜 머리통을 닮은
시멘트 위 애호박 하나
이미 목숨을 내놓기로 작정한 듯
가을의 순교자인 듯

나는 호박에게 무엇을 주지?

시간과 놀다

오랜만에 연밭에 왔다가 비를 만나
정자에 누워 뒹굴뒹굴 시간과 놀았다
연꽃 떠나보내고 홀아비가 된 연밥에게
슬금슬금 눈길을 보내기도 하면서

비에 갇힌 시간이 사뭇 길어지고
잠깐 풋잠에 들었다가 깨어나니
어디 숨어서 핀 꽃들이 있는지
연꽃 떠나며 연밥에 흘려놓은 것인지
바람결에 묻어 온 향(香)이 아련하다

비는 그칠 생각이 없는지 세차게 내리고
정자에 누운 나그네의 곤궁함도 깊어가지만
나 떠나도 연밥처럼 검게 남아 있을
무궁한 시간에게 악수를 청하며
뒹굴뒹굴 노는 법을 배우다

제4부

거룩한 일과

밤에는 어김없이 몸이 굳는다
발바닥부터 정수리까지
허리 어깨 무릎 팔 다리를
양손으로 정성껏 주물러서
살과 뼈를 부드럽게 만들어놓아야
겨우 잠을 청할 수 있다
그 일이 귀찮아서 대충 넘어가는 날은
자다가 일어나 달밤에 체조를 해야 한다
간사한 마음과는 달리
몸은 언제나 정직하고 정확하다
단 하루도 요행수로 넘어가는 날이 없다
부실한 허리로 하루를 즐겁게 산 덕에
밤만 되면 어김없이 굳어지는 몸을
아내가 발로 지근지근 밟아주기도 하지만
내 손으로 내 몸을 풀어주는 것이
하루의 거룩한 마지막 일과다

제 몸이 아파야
남의 지긋지긋한 어둠도 보인다

십오 분

병원 갈 날이 되어
동네 앞 버스 정류장에서
십오 분 뒤에 올 버스를 기다리는
중 늙은 사내

문득,
십오 분의 기다림이
맞춤하다는 생각이

우두커니 앉아 있어도 좋을
십오 분

가을햇살이 조금 따가웠으므로
은행나무가 만들어놓은
그늘 속으로
들어가 있어도 좋을

십오 분

버스가 올 때까지
내게 남은
십오 분을 어떻게 쓰지?

그런 물음을 던지며
성서 속의 예수가 그랬듯이
돌 던질 만한 거리까지
걸어갔다가 와도
좋을

십오 분

흐린 날

구름 잔뜩 낀
흐린 하늘에 매혹될 때가 있다

나의 어둑한 죄상과 부끄러운 치부까지
소상히 기억하고 있는 벗에게
전화를 걸고 싶을 때가 있다

흐린 날 사진이
선명히 잘 찍히는 이유를
곰곰이 생각해보고 싶을 때가 있다

사랑

기차가 전주역을 지나고 있다고
딸이랑 같이 마스크를 쓴 채 찍은 사진을
카톡으로 보내온 옛 제자에게
아침에 찍은 연꽃 사진을 보내주었다

선생님이 애써주신 덕분에
전 매일 예쁜 꽃 사진을 공짜로 보네요
꽃처럼 귀하게 키워주셔서
제가 이렇게 잘 클 수가 있었어요

너를 위해 애쓴 것은
나를 위해 애쓴 것이나 같아
이제는 너도 알겠지만

연꽃 우산

나에게는 우산에 대한 신앙 같은 것이 있다
우산을 쓰고 나갔다가 돌아와
우산을 접어 현관 신발장 옆에 놓으면서
묵념 비슷한 것을 한 적도 있다

첨단과학과 인공지능이 판을 치는 시대에
단순 소박한 작은 우산 하나가
비바람에 젖지 않도록 나를 지켜준 것이
신기하고 고마운 것이다

자전거가 갑돌이고 우산은 갑순이라면
둘이 서로 눈이 맞아 살림이라도 차린다면
자전거에 우산을 태우고 신혼여행을 떠나도 좋겠다
멀리 그리고 안전하게

연못에 가서 보니 연꽃들이 모두 우산이다
활짝 편 우산, 한 번도 펴본 적 없는 꽃봉오리 우산
살 하나가 떨어진 우산
살 하나도 남아 있지 않은 우산

12월

첫눈이 오지 않는 겨울
억새가 대신 하얗게 웃고 있다

억새마저 없었다면
겨울 천변이 얼마나 쓸쓸할까

웃을 일이 하나라도 있어야겠다

바람의 당부

가끔은
나도 가끔은 나의 광야로
내달리고 싶을 때

전주 천변을 지나 만경강에 간다

나의 광야, 나의 몽골은
자전거로 전력 질주하면
삼십 분 거리다

거친 숨 몰아쉬며
자전거 페달을 죽을 듯이 밟는 것은
속도를 내고 싶어서가 아니다

고통 없이
그곳에 닿아서는 안 될 것 같아서다
야성의 시간이 그리워서다

저녁 여섯 시만 되면

몸이 슬슬 달아올랐던 건
노을 때문만은 아니었던 거다

삶에 안주하지 말라는
바람의 당부를 들으러 갔던 거다

아이고

아이고, 죄송해요
아이고, 내가 미안허지

하하
허허

공사 중인 천변 좁은 길을 지나다가
서로 길을 비켜준다는 것이
자전거 앞바퀴들끼리 먼저 상견례를 하고
주인도 뒤를 이어 눈인사를 나눈 뒤
파안대소하며 기분 좋게 헤어진 것인데

헬멧을 쓴 내 모습이 어려 보였을까
초면에 말을 놓아버린 사내는
나와 세 살 터울인
남원 인월면에 귀촌해서 살고 있는
작은형 연배쯤이나 돼 보였다

길가에 피었다 지는 풀꽃들을 볼 때처럼

아무것도 아닌 일로
눈물이 핑 돌 때가 있다

첫눈

첫눈이 왔다
모처럼 늦잠을 잔 날이다

아주 흠뻑 온 건 아니지만
제법 왔다, 첫 키스 치고는

첫 키스라는 것이
아무리 서툴렀다 한들
입술이 닿았다는 얘긴데

대지와의 첫 입맞춤
얼마나 설레었을까, 싶다

지나가는 사람

꽃이나 풍경 사진을 찍다 보면
망연히 서서
누군가를 기다리고 있을 때가 있다

지나가는 사람이다

지나가는 사람은
풍경을 이롭게 하는 사람이다

가끔은 나도 지나가는 사람이 되어
누군가의 사진에 찍히고 싶다

지나가는 사람이 있어야
영화도 완성된다

노을주(酒)에 취하다

자전거를 타고
노을을 보리 가는 것이
하루 일과처럼 되었다

몸만 돌려도 노을을 볼 수 있는
작은 별의 왕자가 아니니
왕복 오십 리 길을 바람처럼 달려가
노을을 보고 온다

이따금씩 노을이
절정에 이르기도 할 때
나도 그만 그윽해진다

그 한순간을 위해
온 하루를 견딘 사람처럼
내 몸도 후끈 달아오른다

노을주(酒) 취하게 마시고

돌아오는 길은
그래서 늘 조심스럽다

울컥, 황홀해지다가도
흩어진 옷매무새를 만지듯
조신해지는 것이다

붉은 노을을 보고 온 것뿐인데
무슨 부끄러운 일이라도 한
사람처럼

마중

안개비가 내리고 있었고

아내는 창밖을 내다보다 말고
커피를 한 잔 마시고 싶다고 한다
그럼 마시면 되지 않으냐 했더니
우유도 없고 그냥 안 마실래, 한다

나는 우산을 들고 집을 나와
천천히 걸어서 동네 마트에 닿았다
우유 두 개 묶어진 것을 하나 사서
신줏단지 모시듯 가슴에 안고
다시 천천히 걸어서 집으로 돌아왔다

아내는 내게 고맙다고 했는데
나는 조금 겸연쩍은 기분이 들었다
가을을 마중 나갔다가 온 것을
아내는 알지 못했다

소소한 시

액자에 담기에는 조금 모자란
소소한 가을을 만나고 돌아오는 길
나는 모자람이 없었네

이런 내 마음을
액자에 담아 보여주고 싶어서
시를 쓰는 건지도 모르겠네

늘 모자란
모자라지만 모자람이 없는
오늘 만난 소소한 풍경 같은

내 마음 같은

꽃무릇의 시간

아침에 귀찮은 일 하나를 해치웠다
머리에 부스럼 같은 것이 생겨서
사나흘 두고 보다가
동네 피부과에 다녀온 것

가는 길에 수영장 풀밭에
꽃무릇이 붉게 피어 있기에
잠깐 해찰을 하고 서 있었는데
그 시간이 참 좋았다

부스럼의 정체가 궁금하여
의사에게 물어보았더니
습진 같은 것이라고 생각하면 될 거라고 했는데
그의 애매한 말투가 왠지 마음에 들었다

재발을 막을 방법이 없다는 사실도
의사는 친절하게 내게 알려주었는데
그의 말대로라면 내년 이맘때쯤

머리에 습진 같은 것이 다시 생길지도 모를 일

그렇다면 오늘처럼
수영장 풀밭에 핀 꽃무릇을
먼저 보고 가면 되겠구나, 싶었다

석양

편백나무 숲에 가려고 자전거를 끌고 나왔다가
생가을 바꾸어 동네 피부과로 방향을 돌렸다
발톱에 생긴 무좀을 치료하러 조금 먼저 집을 나선
아내를 길에서 만나자 난 그럴 생각이 없었는데
자전거가 이리로 오더라고 둘러대었다

아내가 무좀 치료를 받는 동안
마침 근처에 모교가 있어 들어가 보았다
주로 문지기를 했던 내가 목숨 걸고 지켰던
축구 골대는 그 자리 그대로 있었다
이팔청춘 때의 일이니 반백년의 세월이 흘렀지만
지독한 그리움 같은 것은 일지 않았다

아내나 나나 나이가 들면서
새로운 병이 생기고 깊어지기도 한다
몸을 갖고 태어난 업보이니
몸이 주는 기쁨을 보태가면 될 일
자전거 페달만 밟아도 바람이 일어

바람과 연애질을 하느라 시간 가는 줄 몰랐다

언젠가는 몸의 기쁨도 시들해지겠지만
나는 믿는 구석이 있어서 별 걱정이 없다
인생도 축구시합처럼 타임아웃이 있어서
축구장에서 나올 때는 나만 나오지 않고
나를 괴롭힌 녀석들도 동반 퇴장한다는 것!

아내와 집에 돌아와 몸을 잠깐 쉬어주고는
저물녘엔 만경강으로 꽃노을을 보러 갔다
기대했던 해넘이는 먹구름에 가려 볼 수 없었지만
먹구름은 먹구름대로 아름다웠고
코스모스 꽃잎에는 금빛 석양이 얹혀 있었다

웃음꽃

날이 어둑하다
비가 오는지 안 오는지 몰라서
허공을 향해 손을 내밀어본다
손바닥에 느껴지는 차가운 감촉에
입가에 웃음꽃이 피었다 진다
고운 웃음은 아니다
자전거를 들고 나왔는데
비가 온다 이거지

자전거를 들여놓고
우산을 들고 나와 천변을 지나
동네 앞산을 오르는데
가파른 오르막 계단에서
무릎이 시큰시큰한 것이
마치 무릎에서 꽃이 피는 것 같다
아니면 울긋불긋 단풍이 들거나

정작 산에는 단풍이 들지 않아서

낙엽 몇 장 땅에 뒹굴고 있지 않았다면
시월이 무색할 뻔하였다
생을 한해살이로 계산하면
내 나이도 시월쯤 될까 싶은데
여기저기 단풍이 들지 않았다면
세월 앞에서 성성한 몸이
얼마나 무색할까

생각하니 또 입가에 웃음꽃이 피어나고

아침 풍경

물, 맑다

일념으로 여기까지 흘러왔구나
맑아지는 것 말고는
다른 소망을 품을 수 없는 구도자처럼

굽이굽이 뒤척이며
잊히지 않기 위해
물보라를 일으키기도 하면서

가을 벚나무 가로수 길을 지나올 때
팽그르르 땅에 떨어지던 나뭇잎처럼
행복하게 지워지기도 하면서

땅바닥에서 뭔가를 찾던 아이가
다리를 건너는 중절모의 노인이 되기까지
한 생이 아득히 흘러왔구나

물길, 고요하다

시로 쓰는 자연의 묵시록

김규성

1

시를 읽다 보면 시어를 조탁하는 시인들의 손길이 불안하게 느껴질 때가 있다. 어떤 시인은 시어를 뒤틀고 쥐어짜 그 신음을 내뱉는 가학을 즐긴다. 이를테면 시어를 고문하고 혹사해 멀쩡한 시를 오리무중의 괴물로 퇴화시킨다. 이 경우, 시의 은유적 장치로 허용되는 애매성의 한계를 이탈해 통상의 난해시와는 질이 다른 조악한 변태시가 태어난다.

또 어떤 시인은 소박한 시어에 지나치게 화려하거나 기괴한 옷을 입히고 어울리지 않는 화장을 시켜 시 본연의 모습을 망가뜨리기에 급급한데 이는 독자를 속이기 위해 자신을 속이고 시를 꾸며대는 것에 불과하다. 교언영색의 거짓 기교가 겉과 속이 따로 노는 길항과 부조화를 낳고 시적 긴장과 완성도를 떨어뜨리는 것이다. 이렇듯 정체불명의 지향점을 상실한 시가 언어의 혼탁과 시적 정서의 본질을 흐리며 미래의 불확실성을 볼모로 무중력 상태의 떠돌이처럼 시판을 횡행하고 있다. 더욱이 그 난기류에 정상적인 서정시조차 주눅이 들어 갈피를 못 잡고 흔들리고 있다.

그런데 그 외중에도 혼돈과 혼탁을 저만치 비켜서서 외딴 변방에 자신만의 놀이터를 차려놓고 자연과 어울려 놀며 밀담을 나누는 시인이 안준철이다. 그는 부자연스럽고 혼잡한 반시적 행태로부터 시어를 해방시켜, 모처럼 제자리를 되찾은 시어와 함께 시를 빚는 즐거움을 만끽한다.

그의 시는 연둣빛 봄바람처럼 독자를 무장해제시키며 스스럼없이 다가온다. 시집 어느 페이지를 펼쳐도 구김살이 없다. 시의 살결은 부드럽고, 시의 체온은 한겨울에도 따뜻하다. 모두가 자연과 사물에 대한 순결한 동질감이 자연스럽게 체화된 순진무구의 소산이기 때문이다. 그의 시는 쉽고 편하다. 자연스럽고 재미있게 술술 읽힌다. 그러면서도 불현듯 반전의 묘미를 선물하며 한 소식을 얻어 가게 한다. 따라서 난해시의 대척점에서 새로운 방향성을 제시해주는 그의 시는 미래의 시세계를 담보할 텍스트로 새롭게 조명되어야 할 것이다.

비 오시는 날은
우산 쓰고 동네 한 바퀴 돈다
우산 쓴 달팽이처럼

한 걸음을 떼는 것이
무슨 엄청난 일이라도 되는 양

누군가 하늘에서 본다면
우산이 가다가 멈추고
가다가 멈추곤 했을 것이다
그러다가 죽은 듯이
아주 한참을 멈추어 있을 때가
절정의 순간이다

빗방울의 눈동자를 본 적 있는가?

인간의 눈을 들여다보고 있는
녀석의 호기심 어린 눈을

—「달팽이 산책」 전문

    안준철은 왜 이 시를 시집 첫 페이지에 배치했을까? 그리고 평소의 겸손 모드와 달리 왜 "빗방울의 눈동자를 본 적 있는가?"라는 다소 직설적인 질문을 던지고 있을까? 이에 대한 답은 이 시집에 실린 시 전체의 몫일 수 있다. 위의 시 「달팽이 산책」은 시집 전체를 함축해놓은 압축판이며, 자연과 사물에 대한 경외심은 평소 겸손과 성실이 몸에 밴 시인의 철학이자 자연관으로 이 시집의 근간을 이루고 있기 때문이다.

    이 시에서 비는 썩 반가운 단비는 아니다. 그런데도 시인은 우산을 받쳐 들고 달팽이 걸음으로 마을 어귀를 산책 중이다. 평소

산책이 습관화된 터라 비가 와도 그 일정을 어기지 않으려는 자기 배려인 셈이다. 그러다 보니 들꽃이나 잎이 아닌 빗방울과 놀며 마치 화두를 굴리듯 자연의 비밀을 엿보는 "절정의 순간"을 경험하게 된다.

그런데 시인은 비 오는 날이라고 하지 않고 "비 오시는 날"이라고 존칭어를 쓰고 있다. 전통석으로 하늘의 조화에 속하는 비가 내릴 때, 비가 오신다고 표현하는 것은 오랜 농경사회의 토속적 언어 습관이다. 여기에는 자연에 대한 경외심이 담겨 있는데 안준철은 그 관용적 수사를 빌려 몸속 깊이 체화된 자연관을 표출하고 있다.

우산을 쓰고는 하늘도 먼발치의 사물도 볼 수 없다. 그러기에 시인은 빗방울과 발 아래를 응시하며 천천히 마을길을 거닌다. 그러다가 문득 길을 여미고 "죽은 듯이/아주 한참을 멈추어 있을 때가/절정의 순간이다"는 한 소식을 접하게 된다. 마치 입정삼매에 든 선승의 뒷모습 같다. 실은 "인간의 눈을 들여다보고 있는/녀석의 호기심 어린 눈" 즉 "빗방울의 눈동자"와 눈길을 주고받는데 이는 인간과 자연과의 극적 조우이자 조응이다.

빗방울은 자연 중에서도 한낱 무생물에 불과하지만 굳이 그 생명성을 들먹일 필요는 없다. 빗방울은 지구상의 생명체에게 필수적 존재로 인간의 몸속에도 무수한 빗방울이 공존하며 목숨을 좌우하기 때문이다. 인간이 양수를 모태로 태어난 사실 또한 빗방울과의 인과관계를 숙연하게 돌이켜보게 한다.

"빗방울의 눈동자"는 자연을 대표하는 생명력의 상징이다. 그

"호기심 어린 눈"으로 "인간의 눈을 들여다보고 있는" 것은 빗방울 없이는 존재할 수 없는 인간의 무기력과 무지에 대한 준엄한 반문이다. 삼라만상이 동일체라는 범신론적 시각에서 보면 빗방울이나 인간이나 다를 바 없는 자연의 일원이기 때문이다. 안준철은 그 오묘하면서도 지극히 단순한 진리를 자연과 함께 나누며 이를 시로 노래하고 있는데 이는 한 권의 경을 설하는 것과 다르지 않다. 이처럼 소소한/사소한 것에서 진리를 발견하고 이를 시로 쉽게 풀어 그 진수를 깨닫게 해주는 데 안준철 시의 진가가 있다.

안준철의 시는 전문을 다 읽어야만 그 진의를 온전히 파악할 수 있다. 기승전결이 섬세하게 이어지고, 요소요소에서 전경과 배경이 자리를 바꾸며, 시 전체가 하나의 의미망으로 연결되어 있기 때문이다. 또 종결부에는 특유의 반전이 잠복해 있다. 따라서 어느 한 대목만을 가려 뽑아 그의 시를 논하는 것은 자칫 본의를 놓치는 오류일 수 있다. 아래의 시 「아무도 다치지 않았다」 역시 전문을 되새겨가며 읽을 필요가 있다.

봄이랑 놀았다
봄이랑 연두랑 노는 동안
아무도 다치지 않았다

점심 먹고 자전거 타고 나가서
해가 똥구멍에 닿을 때까지
봄이랑 연두랑 노는 동안

용케도 봄을 가지고 놀지는 않았다
마음을 다해 정성을 다해 놀았다

연두는 그냥 연두가 아니다
겨우내 죽었다가 살아나서 연두가 된 것이다
나는 나무도 아닌데
어떻게 죽었다가 다시 살아날 수 있는가
연한 사람이 되라고
연두가 내게 귀띔을 해준 것도 같다

봄과 잘 놀고 돌아가는 길
봄바람이 이마에 살랑대자
내 입가에 살포시 미소가 지어졌다
봄을 가지고 놀았다면
이렇게 뒤끝이 깨끗하지는 않았을 거다

봄이 고맙다
봄에게 나도 고마운 사람이길 바란다

—「아무도 다치지 않았다」 전문

  안준철은 "봄이랑 연두랑 노는 동안" "용케도 봄을 가지고 놀지
는 않았다"고 안도한다. 이는 봄과 더불어 놀면서도 행여 봄을 가지
고 놀지는 않았다는 사실을 재확인하는 것으로 자연에 대한 경
외심의 일단이다. 함께 노는 것과 가지고 노는 것은 현저한 차이
가 있다. 전자는 상호 동등한 입장이지만 후자는 소유를 전제로

한 종속관계이기 때문이다. 시인은 또 봄과 함께 놀면서도 "마음을 다해 정성을 다해 놀았다"고 한다. 이 역시 지극한 성실의 발로다. 그러기에 봄이 고마운 것처럼 "봄에게 나도 고마운 사람"이길 바라는 봄과 시인의 상호작용이 이루어진다. 상대에 대한 고마운 마음을 지니는 것은 이웃과 더불어 살아가야 하는 사회적 존재에게 가장 이상적인 명제다. 그 고마움의 진원지인 "아무도 다치지 않았다"는 사실에 대한 안도감은 상대를 소유하려고 들지 않을 때만 가능한 마음가짐이다.

이 시에서 3연 "어떻게 죽었다가 다시 살아날 수 있는가/연한 사람이 되라고/연두가 내게 귀띔을 해준 것도 같다"는 구절의 연둣빛은 만물의 원초적 생명력을 상징한다. 또 재생이나 부활을 상징하기도 한다. 식물이 진 그 자리에서 봄이면 새로운 연둣빛 움이 트기 때문이다. "어떻게 죽었다가 다시 살아날 수 있는가" 하는 질문은 비단 부활을 믿는 기독교인뿐 아니라 인간 누구에게나 주어지는 궁극적 화두인데, 시인은 의인화한 연두의 입을 빌려 "연한 사람이 되라"는 답을 제시하고 있다. 이 역시 자연으로부터 익힌 산 지식이다.

2

참된 지혜는 상대를 통해 자신을 아는 것을 이른다. 상대와의 비교나 대화 없이는 자신의 실체나 위치를 온전히 파악할 수 없기 때문이다. 대화 상대는 인간뿐 아니라 우주, 자연, 학문, 신

등, 다양한 사물과 존재를 가리키는데 돌이켜보면 자신도 소중한 대화의 상대다. 타자의 대화 상대임과 동시에 대화의 주체이기도 하기 때문이다.

사회적 동물인 인간에게 삶은 대화의 산물이며 시간은 대화의 연장이다. 그리고 모든 대화는 결국 자아와의 대화로 귀결된다. 따라서 자신도 숱한 대화 상대의 하나라는 사실을 발견할 때면 자신에게조차도 겸손해질 수밖에 없다. 나아가 누구에게나 성실해지게 마련이다. 이때 상대에 대한 관심과 친밀도는 배가한다.

안준철은 아래의 시 「어떤 해후」에서 작은 이파리 위에 떨어진 물방울 몇 개에 주목하고 마치 중대한 사건인 양 그 미물과의 해후에 관한 전후사를 섬세한 시각으로 노래한다.

전날 사진기를 두고 와서
담아 가지 못한 작은 이파리 한 장
그 위에 떨어진 물방울 몇 개

너무나도 작아서
차마 눈에서 지울 수 없었던
반짝이지 않아서
더 순한 눈망울 같았던

남고사 가는 길 산책로 난간
하루가 지났는데 거기 그대로 있을까
바람에 날아갔을까 햇볕에 말랐을까

새벽같이 일어나 달려가보니
아, 그 자리에 있었다!

왜 오지 않을까 왜 오지 못할까
나보다도 더 애를 태웠던지
하루 만에 바싹 마른 모습으로

할머니가 된 소녀를
오래오래 바라보다가 돌아왔다

—「어떤 해후」 전문

이 시에서 "전날 사진기를 두고 와서/담아 가지 못한 작은 이파리 한 장"이 무슨 나무나 풀, 혹은 어떤 꽃의 이파리인지는 중요하지 않다. 이파리 위에 떨어져 따리 틀고 있는 물방울 몇 개에 시의 초점이 맞추어져 있기 때문이다. 작은 이파리 한 장보다도 더 작은 존재인 물방울 몇 개와 새롭게 만나 대화를 나누는 시인의 자연에 대한 섬밀한 감각이 예사롭지 않은 것이다.

만약 사물을 보는 시인의 눈이 타성적이어서 남들이 대부분 지나치고 마는 주변의 사소한 사물에 관심을 두지 않았다면 "전날 사진기를 두고 와서/담아 가지 못한 작은 이파리 한 장/그 위에 떨어진 물방울 몇 개"는 아예 눈에 띄지 않았을 것이다. 또 "너무나도 작아서/차마 눈에서 지울 수 없었던/반짝이지 않아서/더 순한 눈망울 같았던" 작은 이파리 하나를 찾아서 돌아오지도 않았을 것이다. 나아가 사물에 대한 애정이 없었다면 "왜 오지 않을까 왜 오지 못할까/나보다도 더 애를 태웠던지/하루 만에 바싹 마른 모습으로" 자신을 기다리느라고 "할머니가 된 소녀" 같은 이파리 위 물방울 몇 개와의 인연에 환호하지도 않았을 것이다.

물론 "새벽같이 일어나 달려가보니/아, 그 자리에 있었다!"고 반기는 물방울은 어제의 물방울이 아니다. 이미 어제의 햇볕에 말라버린 뒤, 오늘 새로 내린 이슬방울이다. 그런데도 시인에게 "너무나도 작아서/차마 눈에서 지울 수 없었던/반짝이지 않아서/더 순한 눈망울 같았던" 물방울은 자신을 애타게 기다려준 어제의 물방울이다. 동양적 순환론의 시각에서 보면 어제의 물방울과 오늘의 물방울이 다르지 않은 물자체, 즉 동일체이기 때문이다. 여기에서 사소한 것을 통해 우주의 생명 원리를 새롭게 되새기는 시인의 고차원적 생철학이 탄생한다.

아래의 시 「푸조나무일 것 같은 나무」에도 자연과의 접촉을 통해 빚어지는 존재론적 사고의 연쇄적 파장이 돋보인다.

> 내가 푸조나무를 잘 알았다면
> 푸조나무가 더 좋아했겠지만
> 푸조나무를 잘 몰라서 좋은 일도 있을 것 같다
> 푸조나무일 것 같은 나무를 보고
> 푸조나무처럼 생각의 가지가 무성해진 것도
> 푸조나무를 잘 몰라서 생긴 일
>
> 내가 푸조나무를 환하게 잘 알았다면
> 푸조나무일 것 같은 나무라는 말도

탄생하지 못했을 것이다

　　　　　　　　—「푸조나무일 것 같은 나무」 부분

푸조나무는 느티나무로 착각하기 쉬운 가로수의 일종으로, 여름이면 마을 사람들이 그 그늘 아래서 쉬어가는 쉼터 역할을 한다. 시인은 푸조나무와 느티나무를 혼동해 푸조나무에게 그 이름을 제대로 불러주지 못하는 결례를 하고 있다. 그런데 그 혼동이 오히려 그에게 별스런 생각거리를 제공한다. 물론 이에는 이름 따위야 생명의 본질과는 무관하다는 대전제가 담겨 있다.

시인은 "내가 푸조나무를 잘 알았다면/푸조나무가 더 좋아했겠지만/푸조나무를 잘 몰라서 좋은 일도 있을 것 같다"는 역발상을 한다. 나무의 이름에 대한 무지 혹은 오독의 반전을 통해 "푸조나무일 것 같은 나무를 보고/푸조나무처럼 생각의 가지가 무성해"지는 의미망의 확장을 꾀하는 것이다. 예컨대 "내가 푸조나무를 환하게 잘 알았다면/푸조나무일 것 같은 나무라는 말도/탄생하지 못했을 것"이라는 식의 연상이 꼬리를 문다. 이처럼 대부분 지나치고 마는 하찮은 사물과의 사소한 사건도 일단 시인의 현미경 혹은 망원경에 사로잡히면 새롭고 심각한 의미로 재탄생하는 기적이 일어난다.

3

장자는 상상력의 무한 확장을 통해 자아와 우주만물의 상대성을 해체해버린다. 우주 만상을 맘대로 재단하고 주무르는 그 우주적 상상력의 요술대 위에 놓이면 지상의 어떤 번뇌나 고통도 먼지 한 점으로 작아지거나 구름 한 점 없는 허공으로 흩어지고 만다. 장자가 추구한 최고의 가치는 절대 자유로, 그는 무위의 경지에서 인간과 자연의 완연한 합일을 구가했다.

허공을 주름잡고 유유히 노는 새들은 수시로 몸을 바꾸며 수채화를 그리는 구름과 더불어 장자의 소요유를 선보인다. 그러나 장자의 호접지몽도 지상에서 꾼 꿈이요, 곤붕우화도 지상에서 쓴 작품이듯이, 어떤 새도 땅을 딛고 비상한 이상 머지않아 다시 땅으로 돌아오게 마련이다. 선가나 도가의 초월도 현실을 발돋움터 삼아 탈현실에 이르지만 그 몸은 여전히 현실에 속해 있다. 다만 본연의 세계로 귀환해서도 현실에 얽매이지 않고, 자연과 동질의 자유와 평화를 누리는 것이 다르다. 인위적 이해관계를 떠나 순수 자연의 수구초심을 되찾아 이를 평상심으로 일상화하는 것이다.

아래의 시 「봄이 온다는 것은」에는 그 평상심으로 자연의 속내를 읽어내는 혜안이 경이롭기만 하다.

봄이 온다는 것은
아직 세상이 끝나지 않았다는 거다
봄이 온다는 것은
아직 세상을 끝낼 마음이 없다는 거다

저 아득한 나무 우듬지까지

꽃을 매단 것을 보면 안다

고마운 일이다
봄이 딴마음을 품지 않은 것이

—「봄이 온다는 것은」 전문

시인은 봄이 다시 찾아와준 것을 고마워한다. 그러나 봄은 봄이되 예년과는 다른 모습이다. 실은 그것이 고마운 것이다. 작년과 똑같은 봄이라면 그것은 단순 반복일 따름 순환이 아니다. 예컨대 동양의 순환론에 따른 음양의 조화가 변화무쌍하게 반복되는 것 즉, 순환의 원리인 '차이와 반복'에 대한 경외와 감동이 한 편의 시를 낳고 있다. 나아가 봄이 온다는 것은 "아직 세상이 끝나지 않았다는" 것이며 "아직 세상을 끝낼 마음이 없다는" 것이라는 영원불멸에 대한 찬탄과 확신이 시의 묘미를 더해준다. 그러기에 그 무궁한 자연의 이치를 좇아 봄과 함께 장자의 소요유를 즐길 수 있다. 이 자연스러운 낙천성이 곧 시인이 시를 통해 선보이는 '긍정과 달관'의 철학적 근거다.

여기에는 전혀 인위가 개입할 여지가 없다. 몸과 마음만 그 곁에 다가가면 충만하게 주어지는 축복이요 행운이다. 그 축복은 도시 밖으로 몇 걸음만 나가면 지천에서 기다리고 있다. 아직도 문명의 조밀도에 비해 압도적으로 광활한 영토를 지닌 자연의 일원으로 참여하기만 하면 예이츠의 이니스프리 호수섬, 소로의 월든 숲 산책길이 도연명의 귀거래사와 소식의 적벽부를 낭송해 준다.

달관은 동양적 자연관의 요체로 관조 단계를 거쳐 자연의 특혜를 제것 삼아 몸소 누리는 것을 말한다. 왕선겸은 『장자집해(莊子集解)』에서 달관의 진경인 소요유를 "사물에 얽매인 현실을 초월하여 대자연의 무궁한 품속에서 자유로이 노니는 것"으로 풀이하고 있는데, 안준철에게는 그 진수가 자연스럽게 몸에 배어 있다.

볕 아까워 매화 몇 점 피어 있는

어릴 적 멱 감고 놀았던
각시바위 서방바위 지나자
폭삭 늙으신 할머니 한 분
호미 들고 밭에 나가시네

한때는 새색시였을 할머니
거동을 보아하니
딱히 할 일이 없어도
볕 아까워 나오신 것 같네

몇 남은 동네 어르신들
세상 뜨시면 어쩌나
저 환한 꽃들 혼자 피었다가
혼자 지면 어쩌나

저 아까운 볕은 또 어쩌나

—「어쩌나」 전문

매화 몇 점 피어 있는 것으로 보아 이른 봄이다. 아직 완연한 봄에는 이르지 못한, 미완의 볕에 대한 시인의 따스한 시선이 이 시의 요체다. 그중 별미는 시의 주체인 할머니의 거동이다. 분명 호미를 들고 밭에 가는 게 팩트인데 시인은 능청스럽게 "딱히 할 일이 없어도/볕 아까워 나오신 것/같네"라는 주석을 붙인다. 난방이 잘 되어 있는 안방보다도 아직 온전치 못한 봄볕이 더 그리운 것은 문명보다 자연에 익숙한 촌로들의 오랜 습관이다. 한편 머지않아 자연의 품으로 돌아가야 할 처지에서 보다 자연에 친숙해지려는 무의식의 표출이기도 하다. 이에는 시인도 큰 차이가 없다. 시인의 나이도 어느덧 고희가 코앞이지만 그보다도 천성적으로 자연의 순리에 익숙한 점에서 그렇다.

아직 완연하지 못한 볕과 할머니들의 얼마 안 남은 생은 앙상블을 이루며 절묘한 시적 은유를 낳는다. 시인은 봄볕과 할머니를 이중주어로 배치하고 있는데, 봄볕도 할머니도 자연 자체이며 이를 그윽히 지켜보며 그 서정적 질감을 즐기는 시인 역시 자연의 일부로 흔연한 삼위일체를 이룬다. 설익은 봄볕을 쬐며 할머니는 그 봄볕과 놀고, 시인은 할머니와 봄볕이 연출하는 고요와 한가를 봄볕과 같은 마음으로 지켜보며 그 정경과 논다. 그런데 "어릴 적 멱 감고 놀았던/각시바위 서방바위"가 또 그 상황을 지켜보고 있다. 볼수록 소요유의 극치다.

4

시는 상대와의 진솔하고 속 깊은 대화를 통해 탄생한다. 한마디로 시는 사물과의 대화록이다. 길을 가다 우연히 마주친 들꽃을 보고 화사한 자태를 찬미하거나 참신한 시상을 떠올릴 때, 시인은 벌써 꽃과 대화를 나누고 있는 것이다. 이어서 꽃과의 교감을 통해 한 편의 시가 탄생할 경우, 그 교감은 충만하고 값진 대화에 속한다. 시인이 인위적 타산이나 변증법적 논점을 떠나 아무런 부담 없이 자연과의 순수한 언어를 나누는 것은 복잡한 사고의 과정을 생략하고 일거에 청정한 직관의 경지에 이르는 원초적 축복이다.

이 경우의 대표적 시인으로 안준철을 꼽을 수 있다. 그의 시는 자연과 함께 쓰는 일기로, 시인은 자연을 통해 자신과 대화를 나누는 비결을 익힌 지 오래다. 자연은 시인의 놀이터다. 거기에 이르기까지는 시인의 애마, 첼로 자전거가 발품을 거든다. 자동차를 들이지 않는 시인이 택한 유일한 문명은 자전거다. 그러나 자전거는 현대문명의 일등공신인 동력을 장착하지 않은 점, 자신의 두 발에 의해서만 움직인다는 점에서 말이라는 타자의 힘에 의지하는 수레보다도 자연스럽다. 따라서 주차장이 따로 없이 자연의 독무대로 인적이 드문 샛길일수록 편한 자전거는 그에게 자연의 일부로 편입된 지 오래다.

아래의 시 「기도」에서 시인은 자신과 동격의 생명성을 부여한 자전거를 대상으로 생사 초월의 경지를 노래하고 있다.

나의 애마 첼로 자전거를 타고
　만경강 억새를 보러 갔다가
　저무는 저녁강을 따라 돌아오는 길에
　자전거와 나의 수명이
　엇비슷했으면 좋겠다는 생각을 했다

　수명이 다한 뒤에는
　자전거는 고물상에 팔려갔다가
　새로운 삶을 시작해도 좋겠고
　나는 그냥 땅에 묻혔다가 벌레들의
　간식거리나 되었으면 좋겠다는 생각이
　간절해지는 것이었다

—「기도」 전문

　시인은 "만경강 억새를 보러 갔다가/저무는 저녁강을 따라 돌아오는 길"이다. 자전거로도 한참이 소요되는 꽤 먼 길이다. 시인은 해 지는 강변길을 돌아오며 잠시 낭만과 감상에 젖는다. 그리고 "자전거와 나의 수명이/엇비슷했으면 좋겠다는 생각", 즉 자전거와 오래 같이 지내고 싶다는 소회를 토로한다. 여기에는 석양에 물들며 저물어가는 강도 한몫 거들었음 직하다. 시인은 "수명이 다한 뒤에는/자전거는 고물상에 팔려갔다가" 분해되어 "새로운 삶을 시작해도 좋겠"다는 희원을 덧붙인다.

　그러면서 시인은 "나는 그냥 땅에 묻혔다가 벌레들의/간식거리나 되었으면 좋겠다는" 소회를 밝힌다. 자전거는 해체되어 그 부품 중 일부는 새로 쓰이고, 나머지는 용광로 속 재생 과정을 통해 세상에 기여한다. 이처럼 자신도 언젠가는 땅으로 돌아가 벌레들의 간식거리로 유용하게 쓰이겠다는, 자연회귀와 맞물린 살신성인의 생사관을 유언처럼 피력하고 있다.

아래의 시 「유레카」에도 자전거는 동반자처럼 그가 가는 길을 동행한다. 물론 문명의 세계가 아니라 대자연을 방문하는 길이다. 그런데 '유레카'라는 거창한 제목이 궁금증을 자아낸다.

> 자전거를 타고 지나가는 천변 풀밭에
> 붉은 꽃양귀비 한 점 피어 있다
>
> 초록 천지에 붉은 꽃 한 점
>
> 그게 무어라고 마음이 동하여
> 달리던 자전거를 돌리고 말았을까
>
> 평생을 두고 풀어야 할 화두 같았는데
> 용케도 빨리 답을 찾았다
>
> 내가 색(色)을 좋아해서다
>
> ─「유레카」

시인은 한참 천변 풀밭 길을 달리며 "초록 천지에 붉은 꽃 한 점"으로 피어 있는 꽃양귀비를 스쳐 지났다가 다시 길을 돌이킨다. 그러고는 "그게 무어라고 마음이 동하여/달리던 자전거를 돌리고 말았을까" 반문한다. 언뜻 별거 아닌 것 같지만 시인에게는 그 사실이 그만큼 소중하다는 지론이다. 자연의 신비에 대한 남다른 관심의 발로이기 때문이다.

시인은 꽃양귀비를 찾아 되돌아온 까닭을 두고 "평생을 두고 풀어야 할 화두 같았는데/용케도 빨리 답을 찾았다"고 스스로에게 맞장구를 친다. 그런데 그 "유레카!"의 본색을 일러 "내가 색(色)을 좋아해서"라는 다소 엉뚱하고 싱거운 해석을 내놓는다. 그러나 이는 정작 진지한 본론을 숨긴 추임새에 불과하다. '색'의 의미를 새롭게 반추하다 보면, 잠시 되돌아본 꽃 한 점에서 시인이 왜 화두를 깨치는 것 같은 느낌을 받았는지 의문이 풀리기 때문이다.

여기에서 '색'은 단순한 빛깔이나 여색이 아니다. 불가에서 자아의 무상한 존재를 오온(五蘊)의 가합일 뿐이라고 이를 때 그 오온(色·受·想·行·識)의 첫머리인 색(色)이나, 『반야심경』에 나오는 색즉시공(色卽是空) 공즉시색(空卽是色)의 색(色)에 가깝다. 이를테면 삼라만상이 저마다 고유의 생명의 옷을 걸치고 쉼없이 우주 자연을 운용하는 신비롭고 오묘한 자연현상을 가리킨다. 시인은 자연스러우면서도 예사롭지 않은 자연의 무궁한 조화 속에서 진리의 실체를 보고 삶의 의미를 되새기고 있다. 자연에 대한 깊은 관심과 애정, 만물을 향한 지극한 성실이야말로 시의 탯자리인 것을 시로 말해주고 있는 것이다.

5

　현대문명과 도시사회는 다투어 새로움과 독창성을 빙자해 시
어를 변형시키고, 이와 비례해 시와 독자의 거리는 점점 멀어지
고 있다. 인간은 자연의 일원이면서도 반자연의 주범인 문명의
주역으로 자연과 대척점에 있다. 문명과 자연의 공존은 인간이
문명보다 자연의 안위에 관심을 기울일 때만 가능한 불완전 명
제다.

　흔히 인위적이라는 표현은 허튼 작위가 개입돼 있어 자연스럽
지 못한 상황을 가리킨다. 자연스러움은 자연과 순수한 정감으
로 만날 때 그 진가가 발휘된다. 인간이 자연의 일원으로 돌아가
자연과 하나를 이룰 때만 비로소 자연스러움을 회복할 수 있는데
안준철은 그 가장 앞자리에 위치한다. 자연은 시인에게 천혜의
보고이며, 시의 본질은 자연의 속성과 근친관계이기 때문이다.
따라서 시와 자연의 순일한 관계를 회복한 시인은 자연스러운 시
를 쓸 수 있는 우선권을 지니게 된다.

　아래의 시 「열어진다는 것」에서 시인은 자연의 순리적 변화를
지켜보며 자신의 여정도 그 무상한 과정과 다르지 않다는 사실을
스스로 확인하고 있다. 생명체의 궁극적 고향인 대자연으로의
회귀를 향한 귀거래사라고나 할까.

　　문득, 눈을 들어보니
　　아이 주먹만 한 석류 몇 알 달려 있는

그 나무 아래
석류꽃 두어 점 땅에 떨어져
색이 바래어가고 있다

생과 사의 경계가 옅어지고 있다

저 석류꽃 주검 앞에 애통할 일이 아니듯
내 몸 풀풀 날리는 먼지로 돌아간다 한들
애통할 일이 아니겠다

동네 한 바퀴만 돌다가 와도
거울 속에 비친 내 눈빛이
조금씩 옅어지고 있는 것을 느낀다

한때는 얼마나 깊어지길 바랐던가

방천길을 지나다가
이따금씩 만나는 철새들과도
경계를 풀고 옅어져가고 있다

새가 나인지 내가 새인지

                    —「옅어진다는 것」 전문

  시인은 "문득, 눈을 들어보니/아이 주먹만 한 석류 몇 알 달려
있는" 것을 발견한다. 그리고 "그 나무 아래/석류꽃 두어 점 땅에
떨어져/색이 바래어가"는 것을 바라보며 "생과 사의 경계가 옅어

지"는 생사일여의 경지를 체득한다.

식물은 연한 연둣빛에서 출발해, 진한 초록빛을 다투다가 이윽고 갈색으로 점점 색이 바래며 종말을 맞는다. 인간도 다를 바 없다. 사람들은 나이 들수록 자연의 순리에 보조를 맞춘다. 자연의 일부로 돌아가야 하는 운명을 비단 무덤 곁에서만 확인하는 게 아니다. 이파리의 변색 과정을 통해서도 죽음과의 거리를 헤아릴 수 있다.

시인은 한때 생명체로서 자신의 빛깔이 한사코 "깊어지기를 바랐"지만 이제는 "조금씩 옅어지고 있는" 시간의 변화를 관조하고 있다. 그리고 "방천길을 지나다가/이따금씩 만나는 철새들과도/경계를 풀고" 점점 옅어져간다고 노래한다. "저 석류꽃 주검 앞에 애통할 일이 아니듯/내 몸 풀풀 날리는 먼지로 돌아간다 한들/애통할 일이 아니겠다"는 생사의 순환론적 이치를 깨우치면서부터다.

마지막 연 "새가 나인지 내가 새인지"는 장자의 호접지몽을 연상케 하는데 자연과 혼연일체를 이룰 때만 체험 가능한 구절이다. 아래의 시 「낡아간다는 것」도 그 연장선상에 있다.

> 낮게 핀 꽃일수록 꽃 사진을 찍을 때는
> 꽃 앞에 무릎을 꿇어야 한다
> 자기 살을 찢고 땅거죽을 뚫고 나온
> 어린 꽃들의 수고를 생각하면 당연한 일
>
> 나이 들어 몸이 노쇠해지니

꽃 앞에 쪼그려 앉아 있는 것도 힘에 부친다
무릎과 허리를 펴고 일어설 때마다
낡은 가구처럼 관절이 삐걱거린다

늙고 낡아갈수록
꽃에 대한 예절이 깊어진다

—「낡아간다는 것」 전문

시인은 키 작은 꽃을 통해 겸손의 미학을 익히면서도 그 탓을 늙어가는 징후로 돌리고 있다. 이와 같은 눙침은 그의 시 도처에서 은근한 해학으로 기능하며 재미를 더해준다. 그리고 이내 독자들의 무릎을 치는 감동을 자아낸다.

나이 드는 것은 점차 자연의 순리를 느끼며 그 품으로 다가가는 것을 의미한다. 어차피 죽음은 누구에게나 필연으로 다가오는 기정사실이기에 생은 결국 죽음을 전제로 진행되는 일련의 파노라마다. 이는 인위적으로는 어찌할 수 없는 자연의 권리이자 숙명이다. 누구도 죽음을 통해서 자연과 온전한 하나가 된다는 사실만은 부인하지 못한다. 그 점을 절실히 깨칠 때 생사에 초연할 수 있는데 시인은 그 경지에서 자연과 동일한 리듬으로 호흡하고 있다. 따라서 "늙고 낡아갈수록/꽃에 대한 예절이 깊어"지듯 자연에 대한 경외심도 깊어진다.

아직도 자연 속에는 그동안 문명의 탈을 쓴 무수의 시인들이 파헤쳐놓고 간 시어의 금광이 널려 있다. 그 대부분은 표피만 어지럽게 생채기가 나 있을 뿐 정작 그 속의 보석은 고스란히 사장

되어 있다. 폐광이 아니라 엄연히 효용가치가 살아 숨 쉬고 있는 것이다. 그 금광은 아무리 파내도 파낼수록 오히려 양과 질이 더해지는 화수분이다. 안준철은 오늘도 그 금광을 찾아 보석을 채굴하기에 여념이 없다. 다만 그 치열한 몰입 속에서도 한가로이 유유자적하는 것이 남다를 뿐이다. 이는 손수 자연의 언어를 터득하면서 익힌 노하우다.

시인은 이 '한가에의 탐닉'을 아래의 시에서 '해찰'로 정의한다. "해찰"은 남들이 바쁘거나 흔하다는 핑계로 내팽개치거나 지나쳐버린 금광의 보석을 어루만지는 그만의 '순수 경제학'이다.

모악산, 들머리에서 대원사까지는
옛길과 새 길, 두 개의 길이 나 있다

물고기가 어항 밖에서 어항 안을 들여다보듯
한 사내, 유심히 옛길을 들여다보더니
내가 서슴없이 어둑한 숲길로 들어서자
마음을 정한 듯, 나를 따라나선다

새로 난 길이 넓고 평탄한 데 비해
옛길은 좁고 구불구불하고 돌과 나무가 많다
사내는 나를 앞지르더니 성큼성큼 앞서가버린다
해찰할 것이 많은 나를 멀찌감치 뒤로한 채

시야에서 멀어져가는 사내를 바라보며
나는 조금 후회가 되었다

마음을 정하지 못한 사내 앞에서
서슴없이 옛길로 들어서버린 것에 대하여

해찰할 줄 모르는 사내에게는
새로 난 빠르고 편한 길이 좋을 뻔했다

—「해찰」 전문

옛길과 새 길은 시간상으로나 실용 면에서 상반된 차이가 있
다. 옛길은 옛날에는 왕래가 잦았지만 지금은 쓸모를 잃어 빛바
랜 망각의 공간이다. 반면 새 길은 현실적 필요에 의해 옛길을 버
리고 새로 낸 실효적 공간이다. "새로 난 길이 넓고 평탄한 데 비
해/옛길은 좁고 구불구불하고 돌과 나무가 많"은 험로다. 두 길
은 편리와 불편으로 양분된다. 새 길은 편리하고 실리적인 데 비
해 옛길은 불편하고 느리다. 그런데도 시인은 두 길의 기로에서
서슴없이 옛길을 택한다. 문명과 자연, 인위와 무위 사이에서 자
연과 무위의 손을 들어준 것이다. 그 길은 시인에게 무궁무진한
보석으로 그득한 천혜의 금광이기 때문이다. 시인은 그 속에서
보석을 캐내어 씻고 다듬어 시의 반석 위에 올려놓는다. 다만 그
보석의 진가를 헤아려 되찾는 것은 시간과 독자들의 몫이다.
　시의 소속 장르인 문학은 그 명칭에서 보듯 학문적 성격을 내
포하고 있다. 그러나 본래 노래와 함께 시가로 통칭되던 시는 전
통적으로 풍류, 축시, 연시, 시화, 시담 등 낭만과 유희적 성향을
지니고 있어서 예술의 일부로 분류되기도 한다. 예술은 기본적
으로 유희적 속성을 지니고 있는데 시도 예외는 아니다. 예컨대

동아시아에서 주로 사대부의 전유물에 가깝던 시는 술과 음악, 차, 연회를 곁들인 풍류의 일환으로도 애용되어왔다. 한편 자연은 시의 가장 친근하고 보편적인 주제이자 배경으로, 시인들은 동서를 가릴 것 없이 자연친화적 삶과 서정을 꾸준히 노래해왔다. 서양의 예이츠, 프로스트, 워즈워스, 동양의 타고르, 도연명, 이백, 소동파, 바쇼, 정철 등은 그 대표적 시인들이나.

자연을 노래하는 것은 자연과 일체가 되어 그 정취를 즐기는 행위로, 시의 유희적 기능을 자연의 묘미 속에서 찾는 것일 수 있다. 시에서 그 유희적 성향을 좇을 경우, 의미보다는 재미에 비중을 두기 쉽다. 그러나 지나치게 재미만을 좇을 경우, 시가 가벼워지거나 본질에서 멀어지기 쉽다. 반면 의미만을 추구하는 시는 건조하거나 경직될 우려가 있다. 또 철학, 종교와의 불분명한 경계가 시의 유희성을 억제하고 고유의 특성을 모호하게 흐릴 수 있다. 그러기에 시의 재미에 치중할 때는 그 이면에 담긴 궁극의 의미를 되새기고, 의미를 추구할 때는 시가 경직되지 않도록 부드럽고 촉촉하게 감성의 목을 축여주는 보완 장치가 필요하다.

이왕이면 재미와 의미를 동시에 갖춘 시가 바람직하다. 거기에 감동을 줄 수 있다면 시로서는 더할 나위 없을 것이다. 그런데 안준철의 시는 재미와 의미를 동시에 선물한다. 그리고 잔잔한 감동을 곁들여준다. 그가 자연과 혼연일체가 되어 주고받는 대화에 귀를 기울이다 보면 반전과도 같이 무릎을 치고 감동을 되새기게 된다. 그는 군이 의식적으로 의미를 강요하지 않는다. 그의 지극한 겸손은 행여 아는 척, 초연한 척하지 않는다. 그러면서도 자연스럽게 그의 시에 녹아들게 한다.

金奎成 ㅣ 시인

푸른사상 시선 151

나무에 기대다